MAJO&SADY

마조앤새디 vol.4

초판 1쇄 발행 2015년 1월 30일
초판 12쇄 발행 2021년 8월 24일

지은이 정철연 **펴낸이** 이승현

편집1 본부장 배민수
에세이3 팀장 오유미

펴낸곳 (주)위즈덤하우스 **출판등록** 2000년 5월 23일 제13-1071호
주소 서울특별시 마포구 양화로 19 합정오피스빌딩 17층
전화 02)2179-5600 **팩홈페이지** www.wisdomhouse.co.kr

값 12,800원
ISBN 978-89-5913-882-1 04810
　　　978-89-5913-637-7 (세트)

마조와 새디의 치열·낭만 육아 생활툰

MAJO & SADY
마조앤새디 vol.4

글·그림·사진 정철연

위즈덤하우스

MAJO&SADY

contents

시즌 2 우당탕탕 마조 패밀리

이 #1

샤워

먹으면 인사고과에 반영되는 탕비실

9

화장실 프린스

이 #4

발렛

캠핑

요금제	32	42	52	62...
통화	100분	200분	300분	400분...
데이터	500MB	1G	2G	3G...

13

화장실
프린스

서울의 달

쫄지마 용키! 달려라 SCV1호!

보디가드

작명왕

이사하면서 주부들의 잇아이템을 잔뜩 장만한 마조

아오 쌘나~

울라울라

녀석

이름도 다 지었지

얘는 습기를 습습 빨아먹으니까

습습이

제습기

얘는 이불을 통통통 치면서 청소하니까

통통이

침구 청소기

통통통

얘는 로봇 이니까

청소 데인져

미스터 작명왕이라 불러다오

요시키 요거

로봇 청소기

요즘 한가하구나

힘차게 굴려야겠어

17

변덕

두근두근

새디, 임신 했어요♥

19

산부인과

태몽

입덧

첫딸

마조는 아들이좋아 딸이좋아

음~역시 딸이려나

첫딸은 아빠 닮는다던데

딸아~ 아빠 닮으면 큰~일나요

응응

여자애가

아빠처럼 생기면

...

아주 X되는거야.

불쌍한 내딸

너무해

배고파

또?

먹는 입덧이라 태명은 먹깨비

23

05 #3
누룽지맛
사탕

05 #4

임산부

27

태교

준수

너목들

단언컨대, 건강은 가장 큰 효도입니다

전국구

입덧의
종류

07 #3
후회

베이비
페어

쪼이

두 달 전, 기동성을 위해 사장님이 스쿠터를 사주셨습니다

요거
이쁘네

83년출시혼다
JOY

...안갈것
같은데요

잘~갑니다

상냥~
사장님

심심하면
방전되고

둘이타면 오르막도
못오르는 고물이지만

푸끼끼끼끼
푸끼끼끼끼

구
왜
애
앵

수고했어
쪼이

타다보니 정이들어 쪼이라고
이름도 지어주었습니다

그리고 며칠전

저기 스쿠터 세워두고
인형 태워두면 귀엽겠다

예?!

저기 세워두면
귀엽겠다고

도로
내놓으
라고

너무
해요

쪼이야

그녀를
빼꼈습니다

오여

작명왕

메뉴이름 정하던 날

팬케익 5층에 각종 베리들이라...

베리베리 5층빵탑 어때?

오. 좋은데요 바리스타

괜찮다 셰프

역시 작명왕 점장

빙수는 눈처럼 소복소복하니까

소복소복 백설빙수?

오, 조타

굿~

작명왕은 달라

요노무 쉐이크

조타 조타

딱이네

작명왕 작명왕

뭐지, 이 영혼없는 칭찬은...

니네 빨리 가고싶어서 그러지

막 던진 건데

그,그런거 아니다

까페 마조앤새디 드디어 OPEN! 예

09 #1

행복

아이가 생기면 자주 듣게 되는 말

그래도 뱃속에 있을때가 행복한거야

태어나면 잠도 제대로 못잔다니깐

그, 그래?

극장도 못가

출산 석달차

아이고~ 누워있는 애기는 천사지 천사

기어다니기 시작하면 그날로 행복 끝이여

새로운 세계가

펼쳐질거임

후덜

출산 1년차

그 기던애가 걷기 시작하면

지옥문이 열리는거지

웰컴투 육아 헬

후덜덜

출산 2년차

너미운다섯살, 죽이고싶은 일곱살 이라고 들어봤냐

그, 그만

똑 똑

까아악

대체 행복은 언제 오나요

출산 7년차

그래도 행복해

오잉?

40

블루투스

미용실

오랜만에 간 동네 미용실

사장님 저왔어요

아이구이게 얼마만이야

머리가 축~축 쳐져서요 내일이 까페 오픈인데

살~짝 펌 하면 확 살지

살릴 방법 없을까요?

좋은약 들어왔어

1시간후

OK~ 다됐다

눈을 떠보니 그곳에

엄마...

우리엄마가 있었다

좋은약=안풀리는약

4일전 외탁 이롤세

오픈당일

혹시 마조씨?

아닌데요

배추머리) 김병존데요

42

이승탈출
넘버원

까페 오픈날 짱바리,
커피 500잔 내리고

이승탈출 넘버원

으아아아

커피 시러

너무 피곤해서 **사망**

꿀미소 오바리,
8시간 동안
설거지만 하다

이승탈출 넘버원

으아 아아

엄마

물에 빠져서
사망

르꼬르동 블루 출신의
최셉, 케익 30판 만들고

이승탈출 넘버원

까페 망해라

으아 아아

본의 머랭칠

팔이 빠져서 **사망**

다 좀비들
이예요

아아 아아 아 비급

비급

일하라고
되살렸음

까페 마조앤새디 대 TO THE 박

감사
합니다

UU

고맙
습니다

자.
이제

다음혁명
으로 간다
-새게바라

캠핑

아버지

...과연

아버지가 말했던 대로다

쫑알

쫑알
부웅

쫑알

당신이란 여자

쫑알
쫑알

정말 사람을 질리게 하는군

당신이 생각하는 길이 늘 최선은 아니야

이번엔 내가 옳고

꾸욱

부아아아앙

당신이 틀렸어

서른 중반, 어느새 나는...

200미터 전방에서 유턴하십시오

이 길이 훨씬 빠르거든

700미터 전방에서 유턴하십시오

거참 끈질기고만

2킬로미터 전방에서 유턴

그만 포기하시지

아버지를 닮아가고 있었다

45

변신

직장맘 화잇팅 느낌 아니까

마사지

정의의
기사

20분 이상을 못자고 있습니다

토이
스토리

12 #1
해피밀

입삐말똑

※입삐말똑 : 입은 삐뚤어졌어도 말은 똑바로 해야지

마법의
두 마디

12 #3

정기검진

테마파크

13 #3
영상

레인져

14 #1

프리젠
테이션

6개월

64

태교

15 #3

작명왕 I

물론 고민은 진짜 이름으로 하고 있습니다

대하

THE LORD OF THE DEHAS
THE FELLOWSHIP OF THE DEHA

16 #3

제부도

차선

그날 새벽 4시 대부도의 모 횟집. 마조 일당은 동네에서 도 먹을 수 있는 흰다리새우 를 먹었다.

전어무침을 먹은 마조, 서씨, 최셉은 다음 날 종일 죽음의 설사에 시달렸다.

장보고는 배터리가 방전된 채 로 지금도 주차장에 서 있다.

운명

그것은, 운명의 데스티니

산후조리원

슬슬 산후조리원 예약해야겠어

조리원?

문질

문질

거기 꼭 가야되나?

요즘 다들 가니까

맛사지에 밥도 잘나오고, 완전 여왕님 대접이래

흠

룬살 오일

10년전만 해도 그런거 없이 잘 낳았잖아.

여왕님 대접이라니 오바아냐?

그런가

주섬

주섬

맞다

을엄마가 조리해 줄수 있다던데

여보세요 조리원 이죠?

예약좀 잡아 주이소

우울증

오랜만에 쇼핑중인 마조부부

왜 안입고
그냥나와?

안에서
입었는데...
살쪄서 완전
흉칙해

나 그냥
집에갈래

우울~

FITTING ROOM

맙소사

10키로나
찌다니

아아

이게 말로만 듣던
임신우울증이란건가

나 이제
새디아님
돼지밍

남편으로서
나설때로군

푸슛
푸슛

새디
잘들어

지금의 넌,
분명 돼지다

누가봐도
돼지야

하지만!

하지만!

끝까지
들어바바
꿈

아오 이걸
확그냥 막그냥
여기저기
막그냥

에헤이

엄마

모르겠니?
지금 넌 널 위해
먹는게 아니야

새로운 생명.
깨비를 위해서
먹는거라구

아가를 위해
엄마의 몸이

스스로 영양을
비축하는거지

신비롭지
않니?

그러니까 넌 그냥
돼지가 아니야

뭐랄까...

아름다운
돼지다

전~혀 위로가
안됩니다만

그냥 계속
맞자

신비로운
돼지

거룩한
돼지

모성
돼지

결국
돼지
고마

75

전집

전집 창업을 준비중인 골드총각 진명이형

애들아~

오 형 왔어요

위릅-

그는 하얀거탑의 주인공 김명민씨와

아주 많이 닮았습니다

짜잔~

우와

오늘 임대차 계약했당

전집, 진짜로 하는구나

잠깐!

축하해용~

내가 가게 이름 맞춰볼게

…

하얀전집

그럴리가 있나

딩동댕♪

뿌듯

뿌듯

딩동댕 아니라고 땡이라고

하얀전집

하얀전집이 딱 이라니까, 생각해봐
손님들이 일반병동(홀)에서 전을 먹고있는데

뜨르륵

갑자기 하얀거탑 B.G.M 이 딱~ 깔리면서
형이랑 점원들이 회전을 도는거지

빠밤빠밤
빠바라밤

6번
테이블

콜라
서비스

빠밤빠밤
빠바라밤

넵!

너무 먹었더니
좀 느끼해요

바이탈
체크하고
남은 전들로

칼칼하게
전찌개
해드려

넵!

두명자리
있나요?

된다♪된다 된다♪
만들면 된다♪

하얀 전집

뭐야
그게

바이탈
체크는
뭐고

그보다
마지막은
왜 보험
패러디
인건데

파전
에서

육전
까지~

썩썩
썩썩

....

위인전집

춘향전집

좋아. 춘향전집

나도 더이상은 양보못해

아니 그러니까

위인전 이라고

점원들이 전부 춘향이 코스츔을 하고

어서오세요 서방님♥

메이드 까페냐

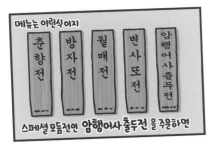

메뉴는 이런식이지

춘향전

방자전

월매전

변사또전

암행어사출두전

스페셜 모듬전면 암행어사 출두전 을 주문하면

홀안의 모든 춘향이들이 환호를…

암행어사

출~두요

그만하라고

까~아

멋져

미친 마조 워스야

브라보

고민해결♥

예~

뭐가

태담 I

태담 Ⅱ

전방에
난자 출현

우오오오와

아-앗

쿠
웅

착상
합니다

부챗살관에
막혔습니다

히알루론산
분해효소 분비!

난자에서도
자궁관
점액효소를
분출합니다

부챗살관 무사
통과합니다

촤아아

뻥

...계획
대로다

씨익

우오오옹

투명대전개!
또 막혔습니다

젠장
이대로라면,
인간이 아니게
되버려!

하야

나미

쿠

웅

수

욱

콰

악

우와아 아아악

짜

악

투명대돌파!
착상합니다

후후후

...그렇게
우리가
만나는
거란다

오덕 오덕

그게
뭐야

그보다
쏠데없이
해박하고만

81

19 #3

태담 Ⅲ

19 #4

태담 Ⅳ

그라믄안돼

노 트

민폐왕

있지~그런 사람들

난 게임하는 사람도 본적 있어

음...

그래도 민폐왕은 역시 통화하는 사람아닌가?

의자발로 차는사람!

오우 노노-

어벤져스를 보러 갔을때였어

옆에 커플이 앉았는데, 여자가 지난 마블 영화를 전혀 안봤더라고

서,설마... 영화가 시작 되고...

남자가 해설을 하기 시작하는데~

토르는 원래 다른행성에서온 신이거든

소근 소근

우억 우억

엄마

지난 마블 히어로 영화의 모든 스토리를 들어야했지

컵홀더

20 #4

극장
에티켓

마조&새디와 함께하는
극장 에티켓!

1. 앞자리를 발로 차거나, 올리지 마세요

다리
몽뎅이를

확냥
막냥

쿠당당
당당당

까악

2. 핸드폰은 잠시 꺼두세요

저
하늘의

병이
되어라

내폰

3. 컵 홀더는 오른쪽 것을 써 주세요

아싸
득템

내자리
놔두면
내꺼임

하익

벌컥
벌컥

CV

4. 해설은 영화가 끝나고 해 주세요

앞으로 나가
뭘 말하건
하지마라

근데
새언니

애태어나면
극장도 끝이여

...

87

엄마

눈이 오나 비가오나 마셔대던 맥주를

Mox BEER

쮸릅 쯥쯥릅

....

임신하더니 딱 끊은 새다

...한모금 마실래?

아니. 술마시면

깨비 지능 떨어진대

으억

으억

최근에는 철분제 부작용으로 고생중 입니다

아오~ 속쓰려

그냥

안먹으면 안되나?

...철분 부족하면

깨비 지능 떨어진대

....

엄마는 강해요

동대문

아기신발이랑 아기옷만 보여요

양보

스냅백은 좀 괜찮은듯

아마존

깨비출산을 앞두고

두리번 두리번

최근, 아마존 탐험에 푹 빠진 마조

찾았다 찾았어

오옷

국민 애벌레

두둥

촉감 인형

흐암

안자고 뭐해

아

$9.31

물론 쇼핑몰 이야기 입니다

이거 완전 개미지옥이야

.....

쾌

깨비옷

TV

대형TV들
이다

크.크고
아름다워

$1750

뿌우

$1650

$1550

$1600

70인치가
200만원도
안하다니

한국에선
500만원도
넘는데

끼끼끼

세상에

○○일보

이봐

끼끼끼

싸다고샀다가는 낭패를 볼수있어

설치도 직접 해야되고,
안테나로는 디지털 방송을
볼수 없다구~

....

뭔 또라이 같은
소리야아~

설치는 5만원이면 하고
IPTV로 보면 되거등

요거
안먹히네

돈 줄

나도
안먹힐줄
알았다

그바나나
누가줬어

우끼

23 #1

트와일라잇

새벽 5시

흐읍 흐으읍

끼아악 끼악

으음

기이한 소리에 눈을 떴다

그때 내가 문틈으로 본것은 분명

흐으읍 끼아악

어제까지의 우리집이 아니었다

또 나타났구나

끼악 끼이이

새벽녘의

안자고 뭐해?

아...

잠이 안와서 소파 옮기는중

흐앙

가구재배치 하는 요정

꽂히면 못자는 남자

96

정리

23 #3

코스트코

코스트코에 다녀온 남편

짜잔~

고르곤졸라 치즈 사 왔지~

오오

그날저녁

고르곤졸라 피자~

꼬리 꼬리

까 V

다음날

고르곤졸라 치즈떡볶이♪

꼬리 꼬리

예~

다음날

고르곤졸라 치즈라면♪

꼬리 꼬리

....

다음날

고르곤졸라 된장찌개~

그만해 미친노마

꼬리 꼬리

아직... 한덩이 남았다

히익

반이었으면 좋겠네
in 코스트코

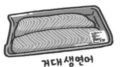

거대 생연어

모짜 렐라 치즈

스테이크 시즈닝

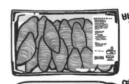

빵

연어롤

코스트코 친구가 필요해

98

굴껍질

연애할땐

굴껍질을 대신 버려주던 마조

껍질줘
내가 버릴게

아

땡큐
자상해

그랬던 그가

아하하

오물
오물

결혼후 변해버렸다

그는 더이상, 내 굴껍질을 버리지 않는다

· · · ·

밀폐용기에 담는중
↓

랄라

모은다

굴껍질 안쪽에 기름먹는 성질이 있어서

프라이팬 기름때에 직빵이거든

그래, 니똥굵다

말려서 차로 마실수도 있고

가습효과에

전자렌지 냄새도잡고

그, 그만

이불팡배틀
#마조

이불팡배틀
#새디

이불팡배틀
#노예2호

이불킥배틀
#SCV 1호

퇴근길, 지하철이었어요

꾸벅 꾸벅

선 채로 졸고 있었는데

갑자기 다리에 힘이 풀리더라구요

아

휘청~

무릎을 꿇은 채 주저 앉아버렸어요

앗씨

탁 웅

너무 부끄러웠던 저는...

어쩐지, 웨이브로 일어났어요

까악

졸인척

리듬에 몸을 맡긴척

그게 더 부끄러워

이 세상에 나와 음악만이 존재하는 척

2050

먹거리

나랏님들의 친구 였던 양반가문들은
새로운 먹거리를 찾아냈단다

송송
뽕대
노떼
꾸물
꾸물

본격적으로 골목시장에 뛰어들기 시작한게지

양반슈퍼
양반바게뜨
양반치킨
양반써팅

처음엔 마트였고, 나중엔 전부였단다

장사가 되겠다 싶은건 전부 양반가문이 하고 있으니

연탄가게라도
해볼까...

하고
있습니다~

노진사댁 셋째아들
조카의 사돈의 팔촌

먹고 살려면 양반가문에
노비로 들어갈수 밖에 없었지

참, 그시절
양반가문은
재벌기업

노비들은
비정규직이라
불렸단다

네오조선

자수성가

폐업한 동네 슈퍼를 보고, 문득 떠오른 이야기

108

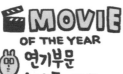

MOVIE
OF THE YEAR

연기부문
송강호-변호인

갈릭팝콘
먹던 손으로
눈물닦고
지옥을 맛봄

....

가지
가지
한다

눈호강 부문
퍼시픽 림

이노무스키

남자에게
대형TV가
필8한 이유!

으아아

CHERNO
ALPHA
← 내 스따일이야♥

앨범
OF THE YEAR
데프트펑크
RANDOM ACCESS MEMORIES

오예

게임
OF THE YEAR
스프링필드

이.
이건

오해
다

도넛(게임머니)

드라마
OF THE YEAR
누구나 되돌리고 싶은
역사가 있다

나인

역시...핑크로
바꿔야겠어
무쇠냄비

루비 I

루비는 항상, 새디옆에만 붙어있습니다
....
그릉 그릉
잠을 잘때도

일을할때도
....
그릉 그릉

TV를 볼때도 말이죠
....
으핫 핫
그릉 그릉

밥도 내가주고! 똥도 내가 치우는데!
한~개도 안부럽다
후후후
응이-
치-
피-
나도 루비 별로임
부러욤 시룽-
그릉 그릉

112

닭 가슴살을 좋아하는 루비

미앙~

미앙~

응? 좀 줄까?

아이구 잘먹네~

좋았어

이 기세를 몰아서!

촵촵 촵

많이먹엉♥

자, 루비!

아빠랑 TV보자

폴 짝

팡 팡

부들 부들

. . .

후후후

쏘리 브로

고롱 고롱

TRUNK MONSTER

나한테도 좀

안기란 말이다!

크헝

너의그 절박함이 싫은거야

113

그날의
요리

호밀빵을 찢어 계란에 무친다음

프라이팬에 올려두고

오 ㅉ

그위에 토마토와 느타리버섯, 뚝심을 올려

뚝심알지? 그왜 스팸 비슷한거

마지막으로 깻잎이랑 감자볶음, 무생채를 올리면~

ㅉ엥?

완성! 그날의 요리

아, 오늘

냉장고 비우는날 이구나

공허해

속이 텅빈것 같아

냠냠

맛있다

응 싹 비웠음

뿌듯

뿌듯

114

27#4

캔버스

묘한 구멍이 나 있던 그 캔버스를 보는순간

나도모르게 펜을 집어 들었지

그림을 그려대기 시작 했어... 이 캔버스가 누구의 것인지

으아아아아

이후에 어떤일이 생길지는 생각할 겨를조차 없었다

모든 것이 순식간에 일어나 버렸고

...됐다

완성이야

하아 하아

나는 그 그림의 제목을...

'뻐끔군'이라고 지었다

너 시방

뭐 햐냐

...뻐끔 군

배꼽모양이 뻐끔거리는 입처럼보임

깨비출산 두달전

쫏

뻐끔 뻐끔

마조네집은 새해에도 평화롭습니다

28 #1

조기교육

28 #2

꿈

피겨왕

내가 어린 김연아의 부모였다면 지금의 김연아가 있었을까?

슬럼프에 빠져 그만두고 싶어하면

'그래, 그만 두렴' 이라고 했을걸?

으아아아

그러쿠나

내가 부모였다면 피겨왕도 없었을 거야

아이의 재능을 짓밟는줄도 몰랐겠지

이 얼마나

맙소사

한심한 아빠인가

인류의 보물이

118

행복

확실히 내가 부모였다면 피겨왕은 없었을지도

넌 물러 터졌으니까

아아아

죄송합니다 인류 여러분

근데 피겨왕이 아니면 뭐?

우리 똑똑하고 예쁜 연아가 불행해져?

어떤 모습으로 자랐건, 연아는 행복했을거야

항상 자기결정을 지지해주는

좋은 아빠가 있으니까

...진짜?

하지만 빙상은

아사다 마오가 지배했겠지

이것 참

쓸쓸하구먼

아아아

다음날

내가 갑자기 죽으면 어떡하지

아이고 두야

걱정은 모다?

정답-팔자

119

보여요

디즈니

렛잇고
#아나킨 ver1

렛잇고
#아나킨 ver2

비포&
애프터

✨ 아~ 사고싶다
신형디카

하지만 당장 가스비
낼 돈도 없는데다
쌀도 떨어져 가고...

하앙

결혼 전에는

아물라물라

가스 끊기면
찬물로 씻고

푸헹헹

쌀 떨어지면
며칠 굶으면 됨
질러질러

돈이 없어도 지를 수 있지만

결혼후에는

우오오~
보쉬
스피커!!

항가

항가

던져도
꼬떡
없다니

돈이 있더라도, 맘대로 지를 수가 없죠

던져도
꼬떡없대

질러도
되지?

당연히
안되지♥
응흥

124

명분

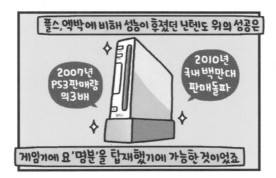

30 #3

그 녀석

자연분만

광고를
피하는 방법

31 #4
아기침대

백화점

차 먼지

발톱

쿠베이드 증후군

순대국

진통

미안

33 #4

걱정

예정일 D-IO

34

아빠는
요리사

새디가 말하는 생선구이 오차즈케는 예전 일본출장 중에 먹었던고등어 + 다싯물의 변형 오차즈케 입니다

다싯물로 고소함 업

※원래는 오차(녹차)를 붓는것이정석

다싯물이야 멸치로 내도 되지만 고등어는 어떡한다...

할아버지는 늘 제게 말씀하셨죠

아이쿠 배야

곰곰

빠빠빠빠빠빠빠빠 빠밤빠밤♪

맥가이버 O.S.T

일단 뒤져보자

답은 항상 가까운곳에 있다고...

뒤적 뒤적

뒤적 뒤적

오오

이거다

이거라면 가능해

화번득

그리하여 오늘은
역전! 마가이버 요리
✻사랑해요 야매토끼

안녕하세여,
여러분은 결혼하지 마...가 아니라
오늘은 생선구이 오차즈케를 만들 건데여.

고등어가 없으니 고등어 통조림으로.
(혀를 내밀고 윙크를 하며) 데헷

다싯물을 다싯 다싯

연구해요~ 연구해요~ 라고 들려서
1년 동안 무슨 광고인 줄 몰랐던 연두 쵸큼.

142

차, 고등어를 꺼내 구워 봅시다.
으아아아 궁물 아까웡.

- 고등어 완전 날씬해!! 야 너 꽁치지?!
- 고등언데요

- 모델이냐!!
- 꺄아아아악

막간을 이용해 엄마가 보내 준
김장 김치를 썰어 둡시다.

이게 뭐야!! 갈치 아냐!!
김치 속에 비린내 나는 갈치라니!!

갓 지은 밥 위에
구운 고등어 한 토막을 올리고요.

다싯물을 부어주면

♥완성! 생선구이 오차즈케♥

오늘의 피꺼솟♥

예정일 D-3

깨비
탄생

얼른 병원 가자!

기다려 이눔아

생쌀이 재촉한다고 밥이 되나

결국 밤새도록 진통을 하고

하얗게 불태웠어

비몽 사몽

다음날 아침 병원을 찾은 마조부부

아기가 아직 안내려 왔네요

진통이 오면 참지 말고 힘주세요

네

흐으읍!!

힘내

드르렁

어라?

흐이끄으!

힘내

그릉그릉

어라라?

흐뉴웃!!

힘내

쌔근 쌔근

...이래도 되나?

좀 무서 운데

안절

부절

그렇게, 지난 일요일 오후 2시

깨비가 태어났습니다

기도하고 응원해주신 분들,
모두모두 감사합니다!! __)/

찬밥

깨비가 태어나고 / 완전 찬밥이 된 마조

웃쮸쮸

웃쮸쮸

아이구 이쁜것

외로와...

쓸쓸

우왕 엄마—

우리 왔다~

쾅!

쿨 쿨

나도

나도 웃쮸쮸 해줘

턱

오앙?

아이쿵 내새끼

얼굴함 보자

삐익

꽝!

...울지 마라

웃쮸쮸 잘 생겼다♪

웃쮸쮸 잘생겼다♫

뿅뿅

출산후 찬밥신세는 사내의 숙명

난엄마 오뚜기밥 이여

아쉬울 때만 찾지

쓸쓸

페이스오프

도우미

일과 I

일과 Ⅱ

이것이 진짜 조리원의 일과

유축

30분 유축 했는데 겨우 10mm 나왔어

하이고~ 출산하면 모유는 그냥 나오는줄 알았는데

얼얼

...많이 아파?

장난 아냐 억지로 짜다가 피고름이 나와서 포기하는 산모도 많대

흐드드

그렇게 조리원에서 열흘째 되던날

어? 어?

유선 맛사지

푸슛 푸슛

느닷없이

우오오오!!

언빌리 버블!!

퍼 엉

잭팟이 터졌습니다

156

육실존

전투수유 으아아아 전투살림
피융 피융

꽈앙 와악
전투기저귀갈기

전투목욕... 우아앗
펑 퍼엉
퇴원 하루만에, 마조부부는 깨달았습니다

훈련소 조리원은 천국이었어요
육아는 실전이야 존X아
조리원 원장님
헉헉
나 다시 돌아갈래

그래도

이노무 시키 자는거 봐 귀여워~

행복합니다

누구야

바른대로 말해
누구야? 앙?

누구냐고

누굴
닮아서

요로코롬
커여운 거냐고오~

누구건
나지

요놈
시키
요놈
시키

기저귀
확인좀
해봐

흐아앙~

우리깨비
쌌나 안쌌나
어디볼~

우왁

오줌발사!

하하

풀인럽~

내얼굴에 오줌을 싼건
니가 처음이다

미첫
나봐

ㅋㅋ

각오해

마음껏
커여워
해주
께써

훗...

너만 보인단 마리야~♪

야 2호기
나...너
좋아 하냐?

꺄
륵

널 사랑한단 마리야아아 ♫♫

158

분유

발견

161

가성비의
왕자

알뜰하게 '리필'로...

세탁세제 | 위생용품

저기 어머니

여기 용량 보이시죠?

애는 리필제품이 더 비싸답니다

의표를 찌르는 꼼수죠

하이구메

손을뻔 했고마

깨비 출산전의 나는

얏호~ 특판계란

1200원이나 싸네~

초특가! 금주의 행사상품

가성비의 왕자엿지

샤라랄라♪

아.

나비가

멋져

랄랄라♪

사우 삼고 싶구먼

※연출된 장면입니다

하지만 출산후... 모든게 달라졌어

오도방♡ 오도방

무슨 소리야?

오도도도

39 #2

영양제

39 #3

식사

입원수속하고 병실로 가니까, 아까 그 간호사가 또불러

아까 모가지

뽑히는줄 알았네

아아야

아버님~

입원중 산모님 식사는 보험되는 일반식이랑 보험 안되시는 특별식 있으세요

특별식은 한끼에 19,000원 이시구요

형이라면

가성비좋은 일반식으로 하죠

척

억

할수 있겠냐고요

못해 못해

40 #1

새 머리카락

추억 I

Ep.40 참 많은일들이
있었지...
머리의추억

추억 Ⅱ

이런적도 있었어, 회사 입사 전날

입사 축하 해요, 형

오늘로 자유도 끝이네

그래. 오늘은 실컷 먹자

술을 먹고 후배 집에서 뻗어 버렸는데

내일 입사라면서 머리 꼴이 저게 뭐람

ㅋ아

ㅋ아

녀석이 글쎄, 밤새 머리를 해준거야

타투이스트 겸 미용사→

새출발 하는 형을 위해, 멋진...

레게 머리를

드레드네

입사날인데 드레드야

하하

데헷✓

40 #4

윗머리

서씨의 그때 그시절.JPG

169

한옥

가맥

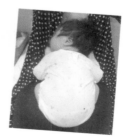

깨비는 무엇을 하고 있을까?

한편, 집에서 혼자 고군분투중인 새디

나 혼자 목욕시킬수 있을까?

가르쳐 준대로만 하면돼 빠이팅!

콸콸

한팔로 겨드랑이를 잡고...

샴푸 바르고...

으앗 무거워 삥둥

으아아

해냈다

빵송 빵송

혼자서 목욕 시켰어

까륵

부다다다닥!!

언능와

피곤 피곤

173

우는이유

등센서

꿀잠

176

금방

43 #1

믹스봉

늦은밤 탕비실

아~ 출출해

뭐 맛난것 좀 없나

끼익

DeWAL

오.믹스봉~

스봉 믹스봉

냠냠

오물 오물

엄마, 그렇게 먹지 마세요~

좋은거 먹고

엄마를 걱정하는 깨비

...인척 하는 시어머니

좋은젖 주세요~

오싹

그.그래

아나

안먹겠 습니다

패턴

최후의 순간 말하는 패턴

선물

엄마,난 어릴때 어땠어?

음...

소풍간다고 용돈 오천원주면

맛난거 사먹어~

고맙습니당

지는 200원짜리 사이다 하나 사먹고

남은돈으로 할머니 엄마.아빠선물 사오고 그랬지

아

헤헷

내 선물은 늘 앞치마 였다

기억난다

MAJO

...엄만 죽어라 일만 하라는거지

아니거든요

아우 예뻐

아야 야

흥

너무하네

MAJO

잘 커줘서 고맙다

흥, 낳아줘서 고마움

181

귀여워 I

귀여워 II

부모의 한

깨비는

자기인생을
살게해주자

아이는
부모의 꿈을

대신 이뤄주는
도구가 아니잖아

....

아이를
통해서

자신의 한을
풀려고 하지마

아이도
불행해
질거야

새디...

난 그냥, 깨비가 신을
조던 (신발) 사겠다고
말한건데)

그러니까

아, 난또 내가
의사 시킬거라고
말한줄 알았지

프리미엄도 붙고
매물도
거의없네

한풀이 중인
아빠들
망-구먼

필승

다시

돌아와

45 #3

쇼핑백

나는 보았지, 0.2초간 눈부시게 환해졌던 동생의 얼굴

콩깍지

입덧

잠투정 I

마조가족은 오늘도 평화롭습니다

요정 I

요정 II

찌잔~

온갖 동물들이 그려진 포스터야

....

벽에 늘 붙어있으면, 깨비랑 대화할 소재도 많아지겠네

고라취

얘는 토끼예요

으르렁 으르렁 으르렁 대

요건 아기 체육관이고

요건 아기 쏘-서

TRUNK MONSTER

그리고 이건...

끝이야

....

이집엔 희망이 없어

47 #3

옷

배

고부(姑婦)킥

테니스의
왕자

WE BACK

부모의
역할

마돈나

48 #4

한숨

옹달샘

나는 아무 생각이 없다. 왜냐하면

아무 생각이 없기 때문이다.

프 로 모 션

서씨의 꿈

삼촌따위 필요없어. 여름

204

존경

안정

소중한 것

굿바이 사·전 올스타즈

50 #4
흉기

209

스톰

X-맨을 보고... 능력이 생긴다면 당연히 스톰이지

모태솔로 솔로몬

스톰이면, 날씨를 조종하는 능력이지? 응 날씨를 내맘대로 우후후후후

크리스마스 이브 전국에 태풍을 꽝!! 깔깔깔깔 쏴아아 꽈광 까악 깡

커플만 보이면 꽝! 썸만 타도 꽈광 이시키 위험해 으헤 으헤 우끼끼 완전 삐뚤어 졌어 부

51 #2

아자젤

211

미스틱

51 #4
울버린

213

우리 집에 I

우리 집에 Ⅱ

215

우리 집에 Ⅲ

216

우리 집에 IV

MT

53 #2

환경

산적

※ 거짓말 같은 실화입니다.

집 알아보는중
어떤집이 좋을까냥~
빌라? 단독주택?
뭔 소리야

당연히 **아파트**지
뭐?
너 아파트 싫어했잖아 영혼 없다고

영혼은 없지만
깨비를 위한 단지내 공원과 놀이방,
깨비 친구들이 있지
아...

요쪼그만 녀석이...
우리 생활을 완전히 바꾸는구나
앗 맘마

이사갑니다~

221

54 #1

TELL
ME
WHY

222

54 #2

이해

223

이유

처 맞고 싶었던 거였구낭 ♥

소감

55 #1

반응

얼굴에 써 있다고

외출

포대기

아기띠 따위

포대기가 최고여

질끈

선글라스

촥

안구 건조증

그리고....

쿵

뮤직

엄마의 '외출 3종세트'

앵두빛~ 그 고운 두볼에 ♪

다녀올게

시알머시 키스해주면 ♪

빵긋

깨비 웃는다

트로트가 좋은가봐

체인지

엄마가 당분간 깨비 봐주면서 같이 지내는게 어떻겠냐고 하시는데

뭐?

나야짱 좋지!!

일도 할수 있고!!

...정말 괜찮을까?

아무리 친해도 고부 간에는 역시 거리를 두는편이 좋다고...

아니 때가 어느땐데 누가 그딴 소릴해 누가, 응?

빠직

....

너요너

니가 그랬자나요

데헷∨

기억이 안납니다

이사

욕조

인테리어

한강

한강

235

방

판박이

그래서 부부싸움은 시작되었어

그날

메뉴

요구르트

240

뿅

뿅 맞은 것처럼~정말♪ 기운이 다시 솟아♬

세상 I

세상 II

243

59 #3

쌀과자

244

오해

와-진짠데 와-

너의
목소리가
들려

결혼 8년차 쯤 되면

마조~

그녀가 저를 부르는 목소리톤, 높낮이만으로도

마조~옹♡

원하는게 뭔지 알수있게 됩니다

돈이 달달~
한걸보니

마종마종♡

'안마 좀
해줘'라는
거로군

후후

그럼
나는

덜컥

저기
나

아~종일작업했더니
손목이 너무 아프당

어깨가

독감도
왔나봐

삐거덕

아이고~나죽네

더
아픈척
해주지

쿨럭

콜록

콜록

맞고
할래?

그냥하겠
습니다

이야기

60 #3

사람

자유

오덕의
로망

캠핑

알람

기묘한
이야기

언제부턴가 거리에서

아
또...

그들이 보이기 시작했다

....

이렇게
말했구나

전에는 보이지 않던

응?

뭐가?

...남의집 아기들이
네

임신했을땐
임산부가
보이더니

그러게

신기
해라

깍

앙
장

앙
장

알게 된 것들

그러고보니 깨비 덕분에

알게된것들이 참 많아

?

냠냠

풀(FULL)잠의 소중함이라던가

3일째 밤에 안깸

아이구~

우리효자♡

오아~ 개운해

응아 응아

밤에 잠만자도 거저네 거저

쾌

피셔 후라이스의 위대함

니들이 애를 낳으면 말이다.
몇놈은 만성피로에 몇놈은 우울증에
맘스홀릭을 들락날락, 그러다
우연히라도 직구라는걸 하게 되면...
그때쯤 이형 이름을 듣게 될거야

Fisher·후rice

이게 뭐냐고?

매직 이다

그리고...신의 존재

우리아이가 달라졌어요

오원장님

다시보기로 저희를 구원하소서

또 한가정에 기적을 행하셨어

255

영화배우

62 #4

거울

백투더퓨처 I

백투더퓨처 II

아프냐

부모 마음

안녕

아이가 태어나고 며칠 지나지 않아

따르릉

으음

일어 났어요?

예정대로 그는 내곁을 떠났습니다

전...그만 가볼게요

비몽 사몽

아 그래

산모님 수유하러 오세요

그땐 별일 아니라고 생각했어요

유럽여행 결국 같이 못갔네요

응?

...아니 예요

허둥

지둥

지둥

아기가...너무 예뻤거든요

안녕

와 진짜

하나도 안아프넹

하항

호호

대-박

자유

세트

2주간의 산후조리를 마치고 퇴원하던 날

고생하셨습니당~

안녕히 계세요

네

깨비야 안녕~

잠시만요 산모님!

얘도 데려 가셔야죠

네?

반갑습니다

사모님

....

아가랑 세트예요

넣어둬 넣어둬

수면 부족

헐

그리고 그건

피곤해

꾸벅 꾸벅

익숙해 지세요 사모님

시작에 불과했지요

불청객

64 #4

거래

소원

여기는

65 #3

올가미

268

게임

대가

66 #2

주스

잔소리

아찔했던
순간

부모란

마즈가딱 깨비만할때 난 재가진짜 천재인줄 알았어

오호호호 부모들이란 빵! 깜깜 참나

그리고 '김수현'이 처럼 샤~프하게 클줄 알았지

빠BIG앙 으헣으헣 아이코배야 너무하네

우리아들 살만 빼면 유지태인데 빵

...

죄송합니다 어머니 진심이셨군요

67 #2

호들갑

난 말야, 천재니 뭐니 호들갑 떨지 않을거야
SHAKE
SHAKE
응?
있는 그대로의 깨비를
객관적으로 봐줄거라고
아바
처음으로 혼자마심
꿀꺽
꿀꺽
어라? 젖병을 거꾸로...
천재아이가
이녀석 지금 스스로 중력을 발견한건가?!!
꿀꺽
언빌리 버블
보고있나 뉴튼군... 자네를 뛰어넘는 과학도가 여기있네
뭐래

친구

276

277

선택

68 #1

뭐니뭐니해도 역시 빼라리지

우릉 우릉

감성, 스피드, 존재감...
뭐 하나 빠지는게 없잖아?

그래도 한대만 사야한다면,
역시 G바겐이 아닐까?

콰콰콰콰

실용적이면서, 간지로도 꿀리지 않는다구

그래, 하지만 벤틀리가
나타난다면 어떨까

벤 틀 리

허억

곱다

....

달
카

니들꿈에 아이를
이용하지 말라고

히히

유아용전동차
구경하는중

깨비 아직
걷지도 못하거든

278

선물 I

68 #3

선물 II

68 #4

선물 Ⅲ

281

69

행복이란

지금까지 마조앤새디를 사랑해 주신
여러분께 진심으로 감사드립니다

We'll be back ♥